어설픈 경쟁

sempé
어설픈 경쟁

장자크 상페 글·그림 | 이건수 옮김

열린책들

VAGUEMENT COMPÉTITIF
by
JEAN-JACQUES SEMPÉ

 이 책은 실로 꿰매어 제본하는 정통적인 사철 방식으로 만들어졌습니다.
사철 방식으로 제본된 책은 오랫동안 보관해도 손상되지 않습니다.

나의 가장 멋진 여행들은 바로 이 안에서 이루어졌죠.

요약해 말하면 다음과 같습니다. 마르트 리불드 부인은 ― 물론 결혼 전의 이름입니다 ― 열세 살 때
말다툼한 이후 다시 만나지 못했으나 결코 잊은 적이 없는 어릴 적 단짝 친구를 찾습니다. 마르트 리불드
부인은 물론 오래전에 그 친구를 용서했습니다. 말다툼의 동기는 도둑질 사건 때문이라는군요.
〈도둑질은 너무 심한 말이에요!〉라고 마르트 리불드 부인은 말씀하시는군요. 그렇다면 귀고리 한 짝을
슬쩍했다거나 잠시 빌렸다고나 할까요. 이 사건을 더 잘 떠올릴 수 있도록 리불드 부인은 이제껏 간직하고
있던 나머지 한 짝의 귀고리를 하고 나오셨습니다.

우리보다 자리를 잘 잡았다고 해서, 대단한 그림이 나오는 건 아니군.

저쪽 부부도 무료해 보이는군. 하지만 뭔가 호감을 주는 구석이 있어. 남편은 성실해 보이고, 아내에게는 순박한 심성을 가진 여자들 특유의 감상적인 부드러움이 있군. 우리가 저들에게 아는 체해서 함께 한잔하면 친구가 될 게 분명해. 영화 관람이나 소풍도 함께 가고, 한 번은 우리가, 다음번엔 저 집이 서로 돌아가면서 초대도 하고 말이야. 하지만 때로는 당신과 나 단둘만 집에서 조용히 있고 싶을 때도 있겠지. 하필 그때 저들이 파티용 통나무 장작을 사들인다면 참 난감한 일일 거야.

먼저 내 소개를 하겠소. 나는 세자르
라베르뉴고, 여러 전람회에 출품하여
수차례 금, 은, 동메달을 땄소.

맛이 괜찮습니까?

선생께서는 열두 권의 소설책을 집필하셨고 수십만의 독자들을 거느리고 계십니다. 또한 선생의 소설을 원작으로 한 영화들은 수백만 관객을 동원했지요. 선생께서는 여러 나라에 수많은 저택을 소유하고 계시고, 여러 대의 요트는 물론 다양한 종류의 자동차를 가지고 계십니다. 그런데 제가 궁금한 점은, 왜 선생은 딱 한 번만 결혼하셨습니까?

종종 이런 생각을 해본다네. 누군가 미소 지으며 길을 건너와서는, 내게 악수를 청하며 말을 거는 거야.
〈감사합니다. 당신이 안 계셨더라면 이 황량한 세상에 정말 뭔가가 부족한 듯 아쉬웠을 겁니다.〉

각하를 영접하게 되어 저와 우리 정부로서는 대단한 영광입니다. 저는 오늘 아침 회담과 그 후에 이어질 오찬이 우리 두 나라의 장래에 대단히 중요하다는 것을 확신합니다. 그리고 나서 오후에 쇼핑하실 때는 제 아내가 동행할 것입니다.

난 나를 모욕한 자들을 항상 관대히 용서해 주었지. 하지만 내겐 그 명단이 있어.

당신이 이토록 그림을 좋아하는지 미처 몰랐습니다.

● 왼쪽부터 시계 방향으로 르누아르, 렘브란트, 페르메이르, 보나르, 피카소, 마티스, 고갱, 반 고흐, 클레.

나 또한 우리 왕의 사신이다. 사태가 악화되기 전에 합의에 이를 수 있을지 어떨지를 알고 싶을 뿐이다.

식사하세요!

사실 저들이 바라는 건 아주 간단합니다.
자기들이 이곳 성안에 있고, 우리들이 밖에
있었으면 한다는 거죠.

1

2

3

4

→

5

6

7

8

9

10

11

12

내가 죽은 후에 당신이 얼마나 내 험담을 할까 생각하면 벌써 몸이 오싹해지는군.

걱정 마세요. 막다른 골목이거든요.

이를 어쩐다! 당신에 관해서는 좋은 말들만 가르쳤는데요.

유명한 시인과 사귀어 봐야겠어. 그러면 시인은 울적한 내 마음을 시 쓰는 데 활용할 수 있을 거야.

● 문학과 예술 분야에서 업적을 남긴 거장들에 대한 책이 잔뜩 진열되어 있는데,
  그들의 이름은 책 하단에 붉은 띠지로 표시된 저자의 이름에 가려 빛을 잃고 있다.

맞습니다, 내가 장담하지요. 오래전부터 나는 이런 방법을 쓰고 있지요. 항상 수첩과 필기구를 몸에
지니고 있다가, 어떤 생각이 번쩍 떠오르면 그걸 즉시 적으십시오.

내가 소설을 한 권 썼지. 한 사내가 영광과 명성의 정점에 이르러서는 이 모든 게 덧없다는 것을 불현듯
깨닫는다는 줄거리야. 아내에게 읽게 했더니, 내용이 대단히 좋다고 하더군.

1

2

3

4

5

6

7

8

일기

9

9월 16일 월요일.
혼잡. 소음. 비.

친애하는 친구들, 예술이란 곧 환희가 아니겠나? 이것을 익히
아는 우리들이기에 내가 퐁타용 유파를 창설하자마자(이렇게
드러내 놓고 뽐내는 걸 용서하시기를), 아주 자연스레 우리의
화실에다 〈환희의 화가들〉이란 이름을 붙였지.
벌써 3년이 지났군! 그 당시 내가 건물주 무롱 씨와 집세 문제로
격렬하게 다투었지. 오늘은 자네들에게 우리 화실의 계약 건에 대해
좀 말해야겠네. 3년이라! 그사이 여러 가지 인간관계가 생겨났지.
특히 내 사랑하는 딸아이 마리에트와 무롱 씨 아들이 맺어졌지.
오! 물론 마리에트가 우리 고장 페리기의 상업 학교를 나온 사람이
아닌 예술가나 시인을 선택했다면 나야 더욱 만족했겠지. 예술을
떠나서는 기쁨도 없다는 것, 이는 분명한 사실이 아니겠나?
우리가 여덟 달 동안 연체하고 있는 집세에 대해, 급기야 어제저녁엔
무롱 씨 부자와 활발하지만 정중한 대화를 나누었지.
그동안 밀린 것은 없던 것으로 해줄 테니 이제 자신들의 부동산을
되찾아야겠다고 이들이 제안하는 순간, 내겐 예술과 기쁨의
상관관계에 대한 질문이 떠올랐지. 수치들을 근거로 대며
(분명 숫자들도 나름대로 시적인 데가 있긴 하지) 사위인 제롬
무롱이 우리들 화실 자리에 새로 설치하려는 자동식 세탁소의
수익이 자기들 부부의 미래 설계에 꼭 필요하다고 내게 조목조목
설명할 때, 내 딸 마리에트의 미소가 우리 화실에서 올해 유일하게
팔린 내 작품 「광선의 얼룩」보다 더는 아닐지라도 그만큼이나
환하게 보이더군.

1

2

3

4

5

6

7

저는 여러분께 여성스러운 상냥함을 통해 이제껏 제가 얻어 온 것들에 대해 말씀드리고자 합니다.

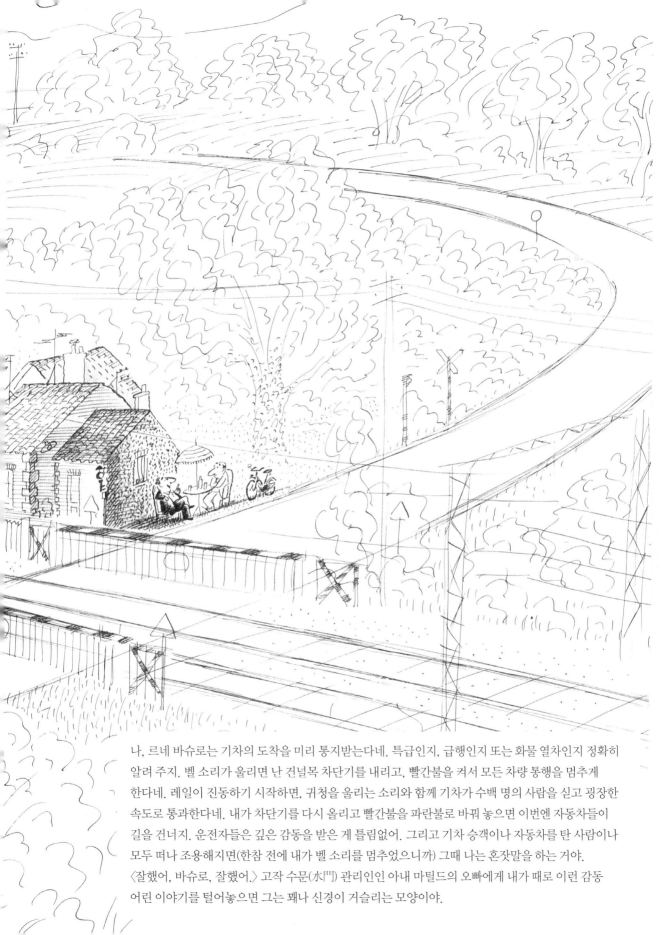

나, 르네 바슈로는 기차의 도착을 미리 통지받는다네. 특급인지, 급행인지 또는 화물 열차인지 정확히
알려 주지. 벨 소리가 울리면 난 건널목 차단기를 내리고, 빨간불을 켜서 모든 차량 통행을 멈추게
한다네. 레일이 진동하기 시작하면, 귀청을 울리는 소리와 함께 기차가 수백 명의 사람을 싣고 꽝장한
속도로 통과한다네. 내가 차단기를 다시 올리고 빨간불을 파란불로 바꿔 놓으면 이번엔 자동차들이
길을 건너지. 운전자들은 깊은 감동을 받은 게 틀림없어. 그리고 기차 승객이나 자동차를 탄 사람이나
모두 떠나 조용해지면(한참 전에 내가 벨 소리를 멈추었으니까) 그때 나는 혼잣말을 하는 거야.
〈잘했어, 바슈로, 잘했어.〉 고작 수문(水門) 관리인인 아내 마틸드의 오빠에게 내가 때로 이런 감동
어린 이야기를 털어놓으면 그는 꽤나 신경이 거슬리는 모양이야.

1

2

3

4

5

6

7

8

9

10

재들이 오래전부터 별러 오던 일이지…….

당신은 왜 다른 사람들과 좀처럼 어울리려고 하지 않소?

94

얘가 여태 뭐 하고 쏘다니는 거야!

내가 기다리는 건 우편배달부.
우편배달부는 내게 편지 한 통을 가져다줄 것이다.
내가 사랑하는 사람의 편지.
그 또한 나를 사랑한다.
우리는 곧 함께 살게 될 것이다.
그러면 내가 그의 일을 도와주어야지.
사업 때문에 그는 여행을 해야 한다.
그를 위해 내가 여행을 대신 해줘야지.
그때엔 그가 학수고대하게 될 수많은 편지들을 내가 써 보내야지.

주님, 주님도 아시다시피 2주 전에 저는 화를 내는 죄를 범했습니다. 미사가 좀 늦게 끝나, 제과점에서
손주들이 굉장히 좋아하는 커피 크림 에클레르 과자를 살 수 없었기 때문이지요. 주님도 아시다시피 저는
그 대신에 초콜릿 를리지외즈 과자를 샀고, 그걸 두고 남편이 놀리며 부아를 돋우는 통에 그만 화를 내는
죄를 범하고 말았답니다.
이런 말썽을 피하기 위해 지난 주일에는 미사에 가기 전에 제과점에 들러 미리 주문을 해놓았습니다.
그런데 웬걸 젊은 여점원이 깜빡해서, 저는 두 차례나 화내는 죄를 또 지었습니다. 한 번은 점원에게, 또
한 번은 남편에게요. 이렇게 되는 것을 피하기 위해 오늘은 성당에 오기 전에 아예 과자를 사버렸고,
주님께서도 방금 전에 성스러운 주님의 집에 과자 상자를 들고 들어오는 제 모습을 보셨습니다.
이런 제 모습이 주님을 노하게 했다는 것을 이제야 깨달았습니다. 왜냐하면 저를 벌하시기 위해, 조금 전
감사 기도를 드린 후 제가 과자 상자 위에 앉도록 하셨기 때문이죠. 감사합니다. 주님.

나는 성공했어!

어설픈 경쟁

옮긴이 이건수는 연세대학교 불어불문학과를 졸업하고 프랑스 프로방스대학교에서 프랑스 현대 시 연구로 박사 학위를 받았으며, 현재 충남대학교 불어불문학과 교수로 재직 중이다. 20세기 프랑스 시인들과 보들레르에 관한 다수의 연구 논문을 썼다. 지은 책으로 『저주받은 천재 시인 보들레르』가 있으며, 옮긴 책으로 샤를 보들레르 산문집 『벌거벗은 내 마음』, 『보들레르의 수첩』, 이브 본푸아 시집 『움직이는 말, 머무르는 몸』, 외젠 기유빅 시선 『가죽이 벗겨진 소』 등이 있다.

글·그림 장자크 상페 **옮긴이** 이건수 **발행인** 홍지웅·홍예빈 **발행처** 주식회사 열린책들 **주소** 경기도 파주시 문발로 253 파주출판도시 **전화** 031-955-4000 **팩스** 031-955-4004 **홈페이지** www.openbooks.co.kr Copyright (C) 주식회사 열린책들, 2001, 2018, *Printed in Korea.* **ISBN** 978-89-329-1896-9 03860 **발행일** 2001년 4월 25일 초판 1쇄 2002년 3월 30일 초판 2쇄 2005년 6월 10일 2판 1쇄 2011년 6월 10일 2판 2쇄 2010년 1월 10일 3판 1쇄 2018년 6월 15일 신판 1쇄

이 도서의 국립중앙도서관 출판예정도서목록(CIP)은 서지정보유통지원시스템 홈페이지(http://seoji.nl.go.kr)와 국가자료공동목록시스템(http://www.nl.go.kr/kolisnet)에서 이용하실 수 있습니다.(CIP제어번호: CIP2018014705)